松の如く

脳出血に倒れて十年

原田　三千子

はじめに

やっとできました。原稿は一月にできてたのですが、その後、どうしていいか分からず、ずい分時間がかかりました。同級生のおかげで本になりました。

せっかくこの病気になったのだから利用せずにいられれっかの心境だったのです。

大石邦子さんと同じ心境？　彼女はバスに乗っていて事故に合い、車イスの生活になって執筆していますが。

横縞な考えでしたから、次から次へと病魔に襲われちゃいました。

しゃあないネ。ま　思いのたけを書きましたので読んでください。

こういう人もいるってね。

三千子

もくじ

ハクサン
イチゲ

倒れた

平成十六年も五月十八日
五月のとてもとても暑い日、私は同学年の先生二人と、子供達が帰った放課後、学校農園をやっていた。

喉がカラ〳〵で水が欲しかったけど、水道は遠いしもうすぐ終わりとがんばっていた。

どこか変だ、声が上ずっている。同学年の先生に聞いてみるが、何も変わっていないという。仕事を終え、職員室へ戻った私は、水をガブ〳〵飲んだ。やっぱり変だ。

「何か、変なの。病院へ行くので、帰る用意をしてくるね」

と、教室へ走って行った。

机の上を片付けている時、ゆらーと倒れた。体が言う事を聞かない。誰かを呼ばなくちゃ。インターフォンまで届かない。コードを引っ張ったり、上履きをぶつけたり。

「助けてー。」…教頭先生が駆け付けた。保健の先生も来た。

あとは、分からない。

断片的な記憶、薄暗い部屋。

動けない。

個室。

誰か話しかけている。…

動けない。

何でだろう。誰かがいる。

一体何をやっているのだろう。

話が出来ない。…主人は先生に、

「脳出血です。失語症になり右半身マヒです。危険です。二、三日安静でこのまま処置します。頭部の真ん中です。危ないので手術は出来ません。回復は期待しないでください」

と、言われたそう。

けない。

何日かして、ようやく少しずつ分かってきた。リハビリが始まっている。一週間さまよったらしい。やっぱり動けないし、話が出来ないのだ。

十日ほど経って大部屋へ移る。室の人達の話は分かるのに、一体どうしちゃったんだろう。腿までの装具を付けて、何とか平行棒の所を行ったり来たり出来る様になった頃、南東北病院から、太田熱海病院へ移る。ここに半年ぐらいいた。

何とかリハビリの先生と歩ける様になった。まだ一人では歩けない。

車椅子で調理実習を土曜日毎に、九回習った。終りの頃は、お風呂の入り方も学んだ。

この頃、看護師さんの目を盗んでは、一人で歩いた。学校へ早く戻りかったし、戻れると信じていた。まだ〳〵言葉はあやしいけど、何とか通じる様になった。左手で字を書く練習もした。

十一月三十日、退院した。家族にも大きな迷惑をかけた。学校は一人いないと、皆に迷惑がかかる。授業以外に仕事は山ほどある。それが一人いなくなると、皆で仕事内容を分担してやらなくちゃいけない。担任がいなくなった教室は、これ又大変だ。

校長先生はまず、変わりの先生を見付けなければならない。事務の先生と教頭先生には、私の病休やその他の事務上の、手続きなどすっかりお世話になった。

本当に皆さんにお世話になりっぱなしで、申し訳なさで一杯だった。動かない手足を見てどんなに悔しかった事か。それでもまだ学校へ戻れると信じていた。学校が心配だった。

翌日から南東北病院のディーサービスへ通う事になる。もう学校へは戻れない事を、ここでやっと分かった。

夜一人、泣いた…泣いた。嗚咽が止まらなかった。

ディーサービスでは一人で、テーブルに捕まりながら歩いた。まだ左足右足、それに杖と三拍子だった。職員に叱られても良いと思ったが、何も言われなかった。そうしている内に、テーブルも要らなくなり、右、左と杖を片手に百メートル位歩ける様になった。

今考えてみると、看護師の目を盗んで危険だが歩いたり、ディーサービスで一人歩きしたのが良かった様だ。始めが勧進、今歩けるのは、このことが良かったと思う。二年も経つと、もう回復は殆んどなかったのだから…

やがて許可が下りて、南東北の廊下を歩いていると、ここで自主トレをしていた時、私の処置をしてくれた先生に会う。

「先生に、命を助けていただいた原田です。有難うございました」。

「おお、頑張ってるね」。

こんな事が四、五回あった。

平成二十三年、南東北の要支援一と二の活動場所の閉鎖に伴い、ビッグハートに移る。

二十四年十月、大腸癌で手術。経過思わしくなく一週間後にもう一度手術。その後、実は大変だった。早く手術前の体に戻りたいと頑張ったのが仇となった。半年位してから、ようやく手術前の八千歩を歩いた翌日、歩けなくなってしまう。

ちょうど介護二になり、リハビリの先生が付く。間違った歩き方をしていた。との事。皆さんのお世話になって、少しずつ蘇り、現在三千歩ほど歩ける様になった。無理をすると大変だと勉強した。八千歩には程遠い。手術前には戻らないだろうと、そんな気がする。健常者ではないし、歳も取ったし、何とか現状維持を保ちたい。

私の障がいなんて、まだ〳〵ましな方であり、動けない人、喋れない人、目の見えない人。大変な人が沢山いる。と、言っても障がい者は障がい者、どんなに軽くても、私は、障がい者であり、自分はやっぱり辛い障がい者だ。

一回ぐらい走ってみたい。スカートも履いてみたい。両手でズボンも上げてみたい我慢だらけの毎日だ。

なんだかんだと言っても、十年が過ぎた私。今迄何かと書いてきたものもあったので、ドキュメント風にまとめてみたい。そして、一人でも脳卒中の人に参考になればありがたい事。

文字

南東北病院へ入院していた時、初めて書いた字。なんて書いたか読み取れない。

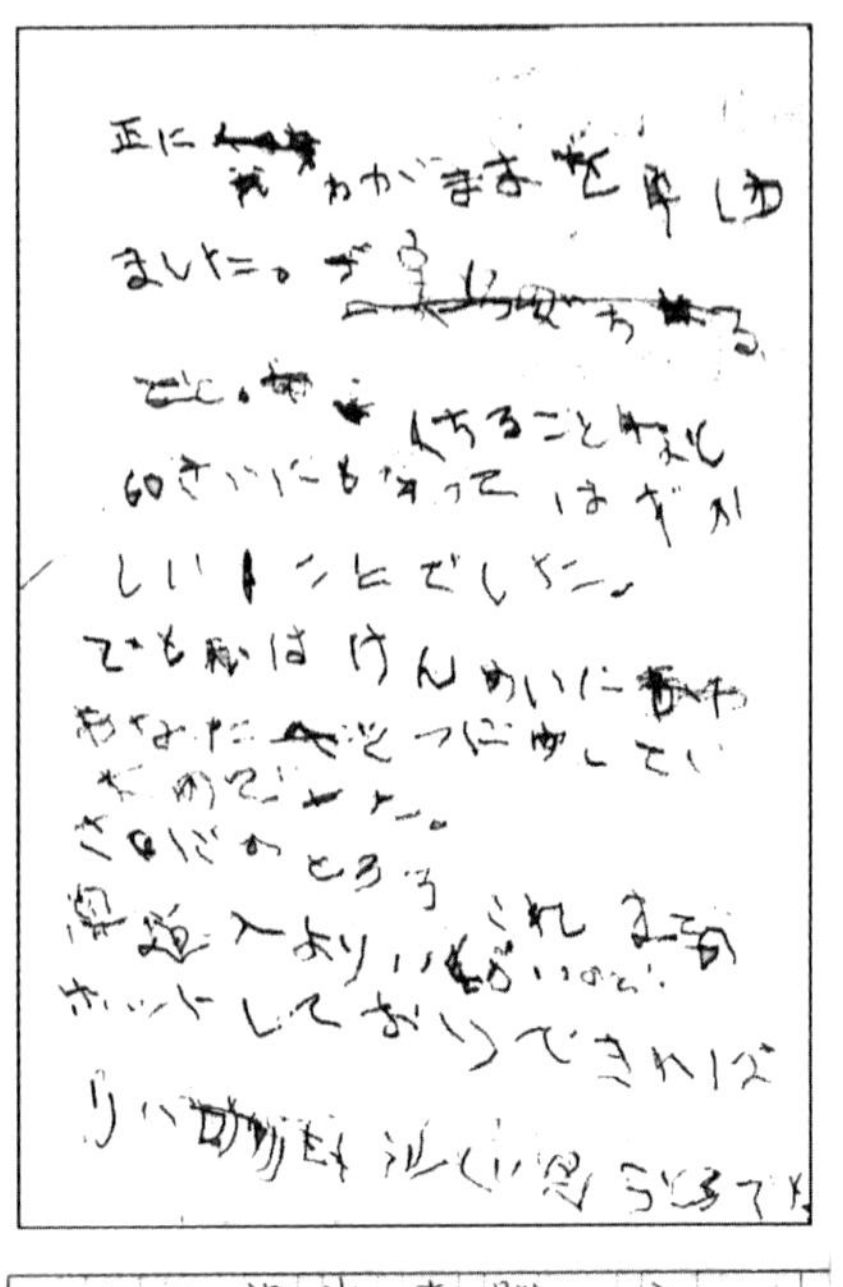

これが　現在の字
一生けんめい　練習した字
脳出血になって　四十三日め
南東北病院で練習を始めた字
太田熱海病院に移ってからも練習した字
次の年も　次の年も ―
やっと左手で
ここまで書けるようになった

KYOKUTO 20×20

ありがとう

先生!!

「私、歩ける様になったの」

「まだ、ほんの少しだけど」

「右・左・杖と三拍子で」

「五十メートルだけど、一人で、歩ける様になったの」。

先生に命を助けて頂いたおかげです。

「きっと、何メートルも歩ける様になるわ」。

「先生、応援してね、私頑張るから」

平成十七年十一月　記

調理　1

退院した翌日から、いつもの様に台所に立っている私。左手だけの事だから時間はかかるけど、時間はあるのだから、焦るまい。

テレビの料理番組が、今、一番好きになった。まさか調理が出来る様になるなんて。

私が家族にできる事、これしかない。

太田熱海病院入院中に、調理実習を九回もしてれたからできた事。

調理　2

人は、包丁を心配してくれるが、包丁より食材のビニール袋の出し入れが大変だ。試しにビニール袋からキャベツの一個の出し入れを片手でやってもらいたい。全く右手が使えないので至難の業である。

包丁は、押さえが出来ないので、初めは、まな板に釘が一本打ってあるのを使っていた。

胡瓜・ジャガイモなどの丸いものは大いに役立った。

そのうち、(一年ぐらいかな)包丁の先で抑えて斬る方法を編み出し、まな板も普通のものになった。

大根・人参などの皮剥くのは、まず十センチぐらい輪切りにし、次は大根を立てて、皮のところを切り剥くのである。

ジャガイモは、半分にしておくと座りが良くなり、リンゴの皮剥きの様に剥く。

どうしても切れないのは、肉と魚のさばきである。ヘルパーさんが来た時、斬って貰ってストックしておく。そぎ切や缶詰も同様。

調味料などのペットボトルは、初めはヘルパーさんに開けて貰った、この頃は、歯で開けている。

天婦羅も揚げるし、ロールキャベツも作れる。

「だって、これしか家族に貢献できないのだもの」

たいていの料理はこなしている。

歩く

退院後、毎日主人とヘルパーさんが戸外へ連れて行ってた。百メートル歩くのに、一時間もかかった。まだ、一（枚）・二（右足）・三（左足）のリズムだった。一・二・三…私は必死だった。変化が少しも、目には見えないけど、毎日歩くって事は、実に力をつけていると信じて今日も歩く。主人もヘルパーさんも、耐えているのだから。間もなく冬が来て、歩けなくなる。

「頑張らなくちゃ」

平成十七年十一月　記

長嶋

私が倒れた数か月前に、そういえば、長嶋も倒れたんですよね！

彼は、私よりグンと回復しています。彼の努力もさることながら、プロの人が沢山支援しているし、資金もあるのでしょう、長嶋と私を比較するなんて、大それた事…

私は、私なりに努力を惜しまないでいる。

「それでも、やっぱり」彼の事がうらやましい。

一年後

ある日突然右に大きく傾いて、ぐず〳〵と倒れてしまった。そのうち分からなくなった。

一週間後、言葉を失い、右半身不随の私がいた。それでも私は、直ぐ良くなると思っていた。子供達が待って居る。

そのうちに知った。簡単じゃない事を、もはや、教壇には戻れない事を…私は泣いた。来る日も来る日も泣いた。

「どうして生きてしまったの？」声にならない声と、手足の不自由さを呪って、毎日〳〵泣いた。

やがて、リハビリに頑張る私がいた。

あれから一年、やっぱり右手は動かないけど、何とか話もできて、杖は使っているけど歩ける様になった。

一年後、きっと杖も要らなくなる、そう信じて今日もリハビリに頑張る私。

平成十七年六月　記

卒業文集

平成十八年、卒業文集の原稿を頼まれた。当時の字のまま、載せたいと思う。これでも練習していたけど、当時はこれがせいいっぱいだった。

卒業おめでとう

辛抱と幸抱　原田三千子

あなたがたが卒業を迎える。もうそんな時なんですね。年月ってちゃんとすぎていく。そして子供くしていたあなたがたがちゃんとそれなりに、卒業生に成長して……。三年生の頃あどけなかった、かわいかった。四年生を受けもつのを信じてみた。私を含めて、あのまま持ち上がったら、どんなに楽しい毎日だったことでしょう。あなたがたをみてそう思うのです。

今、私は左手でこの文を書いています。右手を使えるのは二年先から五年先か、あるいは一生ないのか…わかりません。右半身が不自由なのです。辛いです。傷だらけの毎日です。とんで歩くことができないのです。復帰リハつ自由にできないのです。あの元気な原田先生がですよ。

毎日辛いリハビリに対して先生は我慢じゃなく辛抱だと思っています。辛抱しているうちに、きっと幸抱（一をたすと幸になる）になると思ったのです。突然おそった病気でしたけれど何年さきかわかりませんが、きっと回復すると信じて。

あなたがたも生きている限り何がおこるかわかりません。そんな時こそ原田先生を思い出して辛抱してください。それがやがて幸抱へとつながっていくことと信じます。すてきな人生がまっているようにと祈ってます。

脳出血で倒れたのは十六年五月。暑い日でした。　六年三月書く

離任式

今日は離任式。今日で教員生活が終わる。最後の年は、十ヶ月も病休を取ってしまったが三十八年間勤め上げた。

私は教職が好きだった。特に音楽と体育が好きで、子供と一緒に歌ったり、走ったりした。一日だって同じ日はない、そこが良い。鍵盤ハーモニカを河原へもっていって音楽をやったり、公園で落葉で十の束を作る事を発見させる算数をやり、帰りは、ごみ袋に落葉を集めて、公園の掃除をしてきたり、数え上げるときりがない。

私は学校へ行くのが大好きだった。楽しい毎日だった。それがもう終わりである。

でも、厳しく叱った時もあったので、この病気は、神様がくれたんだ、罰が当たったんだ。と、どんなに泣いた事だろう。

幸いというか、何というか、私は脳出血の身なので、教職の終わりに未練はないが、一抹の寂しさは免れない。

さて、離任式だが、同じ年の主人も離任式という事で、姉に連れてってもらった。

今日が教師として、最後の日。とう〳〵別れの言葉がやって来た。車椅子では、ステージに上がれないので、ステージの下中央に向かう。

「静かに前から、腰を下ろして下さい」。

これなら、私の姿が見えるはず。

私が担任していた二年生の目が痛いほど突き刺さる。突然居なくなって十カ月後、車椅子で現れたのだもの。青天の霹靂だった事だろう。まだ八歳の子達である。

しばらくして私は、車椅子から放れ杖を片手に、数メートル歩き車椅子に戻った。

「先生は、二度と歩けないかも知れないと、お医者様に言われたのに、今、皆が見たとおり、少しだけど歩ける様になったの。諦めちゃダメなのね。先生も考えてもみなかった病気になっちゃったけど、皆も何が起きるか分からない、苦しい時は、私を想い出してください。

これから、先生は先生なりに、頑張ろうと思う。皆も頑張って欲しい。そして、何年か経ってお互いに大きく成長した姿を見たいものですね。

では、元気でさようなら」

多分こんな事を話した様に思う。

最後に、元に戻さねば…

「起立」

六百人の子供達が一斉に立ち上がった。おしまいと思ったら目頭が熱くなり押えられなくなり涙が…

姉が、

「三千子の指図で、皆静かに動くんだもの感心しちゃった」。

と、しきりに感心していたが、これで本当におしまいと思ったら涙が出た。

おもしぇぞ　おらほのことば

平成十八年「おもしぇぞ　おらほのことば」に、投稿する。今年のテーマは、「わたしから〇〇へ」だった。

おめさんへ

おめさんに、是非聞いてもらいてえと、思ったのない。

わだしが、脳出血にぶっ倒っちぇからこれまでのことない。

だれかにぶちまいてしまいてえのよ。脳出血のせいかロレツはまわんねべし、物覚えが悪くてない。

うまくしゃべれんにえがもしんねえげんちょ、いっしょうけんめいしゃべっからない。

倒れる前にない、なんだか夕方になると、ただこわくてない。料理好きのわだすが、夕飯の支度に、二時間もかかって、こせたのない。外食なんかしたことねがったのに、外食をしたがったのない。ほんじぇも朝になっつうと、忘れっちまうように元気になって、学校さ行ったのない。

どうも変てこだ。なじょしたんだべ。こだごど思って、二週間も過ぎたっぺか。突然倒れてしまったのない。

何せ、気がついたのは、何日も過ぎた病院のベッドの中。言葉もしゃべらんにぇし、動く事も出来ねえのに、直ぐに沿って、教壇に立てると思ってだんだから、笑っちまうない。運動会が近いから、その事ばっかり思ったのない。

そのうちに、わがったの。脳出血で倒れたってない。かんたんではないってことない。

それからおめさん、死ぬ事ばっかし考えたない。スポーツが大好き、ゴルフもやったし、ダンスもやった。登山も大好きだったし、スキーもやった。そして畑仕事もやって、セーターも編んだ。そして何よりも、教職が大好きだったのない。

ああ、もうおしまいだ。ほんだげんちょ、飛び降りるのにも体が動かない。何ぼ考えても、なぐどしかできねえのない。

来る日も〳〵、わだしは泣いたんだわ。こんな日が、何日続いただろう。泣いてばっかしはいられない。

先ず、おしめを外す事から始めたの。看護婦さんにめっかんねえように、頑張ったのない。右半身マヒなので、起きるのも大変、更に、ズボンを上げるのに三十分もかかった。ほんじゃげんと、この、おしめ外しは、後役立つことになったのない。わだしの努力にうたれ、左手で文字の練習の時、看護師さんが、特別に、テーブルを探してくっちゃし、ベットから車椅子に乗る方法も教えてくれて、特訓をしてくっちゃのない。歩行訓練にも、拍車がかかった。

こうして一日が、短く感じられる頃、退院したんだぞい。六カ月が過ぎようとしていたのない。

退院してから一年、全く右手は動かねげんちょ、左手がある。好きな料理もこせるし、杖を片手に歩いて、さいほうをし、ロレツの為にカラオケを歌い、字も書く。

倒れてから一年半、これがわだしの毎日だなあ。

おめさんに、わだしの事、ぶちまけたら気が楽になって、又リハビリに、頑張れそうだない。
まげるもんか、頑張り屋のわだしだもの。

特別賞を頂く

がんばり屋の私

夕方になると疲れがドット出た
料理好きの私が二時間もかかって一品しか作れなかった
朝になると忘れた様に元気になって学校へ行く
何か変だどうもおかしい
こんな日が三週間も続いたろうか
ある日突然倒れてしまった
言葉を失い右半身不随の私がいた
ベットに釘付けの私は死にたいと思っても死ぬ事も出来ずただ泣く事しか出来なかった

ゴルフ・ダンス・登山を愛しスキーを好んだ
そして何よりも教職という仕事が好きだったどうして生きてしまったの
声にならない声と手足の不自由さを呪って
来る日も〳〵泣いた
死にたいその事ばかりを考えて
明けても暮れても泣く事しか出来なかった

あれから一年半
泣いてばかりはいられない
まだ涙は出ちゃうけど
それでも一生懸命リハビリに頑張っている
右手は全く動かないけど杖を片手に何とか歩き
左手一本で好きな料理を作り文字を書き
口と左手で縫物をする

▲リハビリ特訓中の自筆画

負けるものか
がんばり屋の私がいる

平成十七年十一月　記

トイレットペーパー

健常者にとっては、何の問題もないのだが身障者用のトイレでさえも、大いに困ってしまう事がある。

私は、右手が全く使えない。左手ではペーパーが届かない事が多々あるのだ。この頃は慣れてきて、まずペーパーが届くかどうかを確認して、用を足すようにしているが、急いでいる時など、つい、忘れてしまうんですね。これが。

以前、郡山駅の身障者用トイレを使った時、左手では届かなかった。大変困ったので、郡山駅にその旨手紙を書いた。

たま〳〵一週間後、用事があって駅に行ったら、何と〳〵左手でも充分届く様に工夫してあり、かざ

し棒まで付いていて、

「水を流す時に御使い下さい」とあった。ヘルパーさんと「さすが郡山駅」と小躍りして喜んだ。

その後、近くのＲスーパーとＳスーパーで同じ事があったので、手紙を書いた。

一週間後、一カ月後、一年後行っても、梨の礫。もうダメだ。と思ってこの両スーパーには行っていない。

左手摺に針金で取り付けてくれたら良いのに。又、左手が動かない人もいるので、両方にペーパーがあったら良いなあと思う。

投書も良いのかなァ。諦めた方が良いのかなァ。又、ウォッシャー液のスイッチが右側にあって使えない。あと五センチ前に付けてもらえると私も使えるのだが。壁スイッチはありがたい。

それからもう一つ。ついでに丸椅子について一言。

寿泉堂病院の外来の診察の時の椅子に背もたれがある。たかだか十センチ位なのだが、この背もたれが、とても助かる。私の様な障がい者にとって有難い。安心して腰を下ろす事が出来る。この位の背もたれでは、後ろの診察も出来るだろう。背もたれの無い椅子では、おっかなびっくりに腰を下ろしていたのだ。背もたれのある椅子なんて、初めてであった。

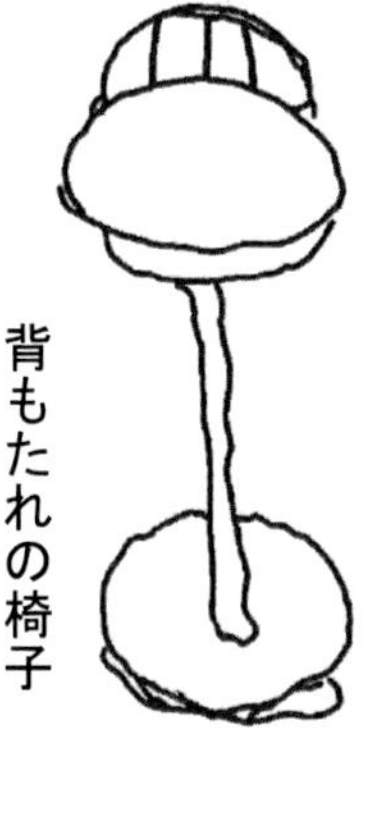
背もたれの椅子

病院が皆こうだったらと思うのは私だけかしら。

ゴルフ

ゴルフやりたいな。
無理を承知で、詮なきことを考えている。

介護の度合

私も初めて知ったが、次の様に分けられています。

要支援1．介護予防と言われ、ディ・ケアでは、普通リハビリの先生が付かず自立を促す要支援。
　2．より重く、
要介護1．リハビリの先生が一対一で付く。

ゴルフのスィング自筆画

2．起き上がり困難、排泄入浴、衣服着脱の介助要。
3．「2」を自力で出来ない全介助要。
4．日常能力低下で全介助、介護。
5．寝たきりになる。

市で訪問したり、主治医の意見書を元に判定され、認定される。

私は、初め要介護3だったが、この辺で要支援2だった。ディ・ケアの中では、皆と比べて要支援2は、私にとってきつすぎの感じ。装具も付けているし、杖をついて歩行するのも困難でしたので。

後々、この事が禍となる。

郡山市長寿福祉課様

『がんばりやの私』が出来て間もなく、介護保険制度が変わり、要支援2は、ヘルパーさんと、戸外を歩けなくなった。要支援2は、「自主的に歩け」という訳。これには、参ってしまった。もう戸外での活動が、出来なくなってしまった。一人では、まだ歩けないのに。

そこでおもいあまった私は、郡山市長寿福祉課へ、手紙を書いた。

もう何日も外を歩いていない。胸の内を聞いて欲しくて〳〵。先の別紙「がんばりやの私」を、まず読んでください。

さて、私、本当によく頑張っていました。南東北に週四日通い、ヘルパーさんとコマツの坂（咲田）の特訓練に、買い物したいと明け暮れていました。月に一度は、バスに乗ってヘルパーさんと駅まで買い物に行ける様になりました。毎日が夢と希望でいっぱいでした。

介護保険制度がかわったのは、そんな矢先の事でした。南東北のデイサービスは、週二日利用限度額一万四千円と、この事は知っていたので、良いけれど、ヘルパーさんの使い方に問題が生じるとは、「ヘルパーさんと、もう散歩が出来ないので自主的に動け」と言いますが、ヘルパーさん無しでは坂道は歩けない。バスとて同じ事。四月は風が強く、一人では散歩に行けない日が多かったのです。

日常生活上の基本動作がほぼ自立し…と申しますが、自立とは、一人で出来る状態と思うのです。ヘルパーさんとの道を、絶たれた今、私にとって、もはや生きた屍です。一ヶ月余りで体力が殆んど無くなりました。自立したいのに出来ない。もう少しだった様に思う。あと一年。いやもう二年かな。でも、もう終わりですね。一歩も外へ行かず一人静かに終わって行く。そんな気がしてならないのです。どだい私みたいな病気上りは、予防ではないと思います。年寄りとも違う。利用限度額一万四千円で良いから、ヘルパーさんの仕事を考えて欲しいのです。国には、お金が無いのですから…

私はまだ若い。とても苦しいです。何かの時に、御口添え頂けましたら幸いです。

原田三千子　六十一歳

五月二日

この手紙がきっかけで、地域包括支援センター所長さんと社会福祉士の方と私の担当のケアマネージャーの方と三人が、私の家まで来て相談に乗って下さった。わざ〳〵来て下さっただけでも、御の地なのに、有難くて涙が出た。

とことん話し合った結果、買い物にヘルパーさんと行くという事で解決した。

有難かった。外へ行ける。

買い物

買い物がしたいという私の希望で、週二回のデイの日に、リハビリの先生と、手押し車の練習を始める。

片手片足では、とても難しい。南東北病院周りの坂道までも、練習した。

診察病棟へ行く病院のバスにも、乗った。スムーズにいくまで四カ月もかかった。

今度は自宅だ。ネックの咲田の坂は、二メートルずつ伸ばして、遂に踏破。お店に着いたら涙が出た。

一カ月近くかかったんだもの。ヘルパーさんもよく耐えてくれてありがとう。

自分の目で見てのこの買い物は楽しい。

涙

今日はボランティアの人が歌を唄ってくれる。朝から楽しみにしていた。病院のロビーで始まり、涙が流れてきた。とう〳〵一嗚咽を抑えようとするが止まらなくなった。

泣いて〳〵泣きながらディの室に帰ってきた。

「どうしたの？」

「感動したのね」

私は、黙って泣いていたけど、「そうじゃないのよ。悔しくて〳〵泣いたの。ピアノは弾けないし、歌声も出ないんだもの」ただ〳〵悔しい。

平成一八年八月五日　記

十年

十年は生きよ　人は言う
疲れちゃったのに　十年は長いなあって
今　本気に思う

ただ生きてるのとは
違うんだもの
まだ二年しかたっていない

私の一週間

月　南東北ディケア
火　午前　石井ほねつぎでマッサージ（片道十五分）
　　午後　コマツ（咲田）の坂を通ってヘルパーさんと買い物（片道十五分）
水　午前　障碍者福祉センターにて、料理教室、健康・運動を隔週（タクシー送迎）
　　午後　Vチェーンにて一人で買い物（片道十五分坂なし）
木　南東北ディケア
金　午前　石井ほねつぎ
　　午後　コマツ（咲田）の坂を通ってヘルパーさんと買い物

土　散歩（三十分～五十分）
日　散歩

この辺りが、一番歩けた様に思う。一人で買い物にも、押し車で、出かけている。

当然、一・二のリズムで歩ける杖は、放せないが、大分早くなっている。

現職中に倒れたので、スケジュールがいっぱいでも苦にはならないようだ。倒れてから二年八カ月。

丁度回復が、ピークだったように思う。

あとは、少しずつ少しずつ回復するだけと本に記載されてた。まさにその通りの様だ。

平成一九年一月　記

詩のすすめ

南東北のディーサービスで、文化祭があり、絵や手芸など、出したけど、私は何もないので、詩『がんばりやの私』を出した。

この作品を観たディーサービスに来ている人が、新聞の切り抜きを持って来た。『会津わたぼうし』の
詩の募集である。障害作った詩に、公募したメロディーを乗せて、発表する。

始めは、詩なんか、書いた事無いからと、断っていたが、出してみる事にした。

そしたら、何と〳〵入選してしまった。僅か五十四点の応募だったが、六点中に入ったのだ。

この『会津わたぼうし』は、閉鎖になるまで四年間、入選を繰り返した。

妹が書いてくれた私の事

私の事を妹は、書いてくれたので、載せてみる。
あいにく主人の都合が悪くて、この受賞式には、姉と妹が連れていってくれた。授賞式後、三人で若
松のホテルに泊まった。
なか〳〵三人だけで、止まるなんてことは、無かったので、とても楽しい一夜だった。

平成一九年六月十日、二番目の姉から一枚のファックスが届いた。『会津わたぼうし』が募集していた詩

に応募していた詩が入選したという知らせだった。ファックス用紙には、入選した詩が、書かれていた。右利きだった姉が、左手で書いた文字は、又、上達していた。

『夢見る日』――これが姉の作った詩のタイトルで、ファックスを追いかけるように姉から電話が来た。

「授賞式には、私の詩に曲が作られて発表されるの。九月二十九日の『会津わたぼうし芸術祭』に、会津風雅堂へ私を連れて行ってくれる？」

「おめでとう！　行くよ。楽しみにしてる」

と約束した。私は三人姉妹の一番下。授賞式の日は、上の姉が会津若松まで車を運転し、私は受賞者である次の姉の荷物を持ったり、世話をする事で参加した。

姉は現在六十三歳。脳出血で倒れたのは、五十九歳の五月のことだった。死の淵を彷徨い意識が戻ったとき姉の右半身は自由が利かなくなっていた。

その姉が、その後、どれ程の努力をして、自分でできることを、ひとつひとつ培ってきたかを思うと、私は姉の努力に対して心からの拍手を送らずにはいられない。

授賞式当日は、一時三十分からリハーサルが始まった。姉の詩は、佐藤香さんという中学校の教師の方が作曲し、自らピアノで弾き語りをしてくださった。さらに、二人の女性コーラスがついて、すてきな曲が出来上がっていた。

舞台の上の姉にスポットライトがあたり、姉の詩が作曲者と二人のコーラスによって歌われた。

桜の花の下を　のんびりと歩く
花の様なワンピースをまとって
あなたと楽しくお話をして
ああ　こんな日が
　夢夢夢　夢を見る

緑の木々の間　のんびりと歩く
真っ白いブラウスと白い帽子
あなたと懐かしいお話をして
ああ　こんな日が
　夢夢夢　夢を見る

しろがねの雪の中を　スキーを楽しむ

真っ赤なスキーウェアーをまとって
あなたと前になり後ろになり
ああ　こんな日が
　夢夢夢　夢を見る

いつかこんな日が
きっと　きっと　きっとやって来る
きっと　きっと　きっとやって来る

「夢見る日」作詞　原田三千子
　　　　　作曲　佐藤　香

客席にいたプロデューサーが、舞台に上がり姉の両脇にコーラスの二人の女性を一人ずつ立たせた。

「これで、三人姉妹の出来上がり」と、言い、客席でリハーサルの様子を見ていた上の姉と、私のところに走って来て、

「舞台の二人のコーラスの人は、お姉さんと妹さんですから、自分達が舞台で歌っていると思って聞いて下さい」

と、言って下さった。

六時三十分開演。作曲者の佐藤さんが、インタビューに答えた。

『夢夢夢、夢を見る』と『きっと　きっと　きっとやって来る』と繰り返す言葉の数ほど、元気だった頃の様になりたいと思う、作詞者の切実で強い願望が感じられました」と、言って下さった。

続いて姉がインタビューに答えた。三番の詩に書いたことを、「夢ですけどね、また主人と前になったり後ろになったりしてスキーを滑ってみたいです」。

姉の言葉を会場に集まった人達が、頷きながら聞いていた。頷きは沈黙の了解のことば、舞台左手では、姉の詩を舞うように踊るように、手話にことばにボランティアの娘さんが、表現する、作曲者は、ピアノで音の言葉にしている。

作曲者と二人のコーラスは、歌声のことばで詩を紡ぎ出す、会津風雅堂に集まった人々は、様々な表現で創り出されることばの、波間に心地よく漂っていた。

「会津わたぼうし芸術祭」は、今年で二十六回を迎えた。会長内川教子さんの挨拶では次のようなことが話された。

「県内在住の障がい者および、そのご家族の方々の様々な思いが込められた応募詩を基に、『芸術（作詩）文化を通した、あらゆる障がい者への理解と社会参加』を趣旨として開催し、障がい者との交流の場となっております。

弦等2号　掲載から

選考委員の方ではなく、一般の方の感想です。

☆自分の不自由な生活から抜け出して心の中で、遠出をする事で幸せを感じていたいという作者の気持ちが分かり、「幸せ一杯の私なの」という言葉の奥に潜むものを感じてしまいました。でも、本人はいたって明るく元気に生きているんだろうと推測できるのがこの詩の良いところかもしれません。
☆前の三行は、セリフなのかな？
☆元気が出そうです。

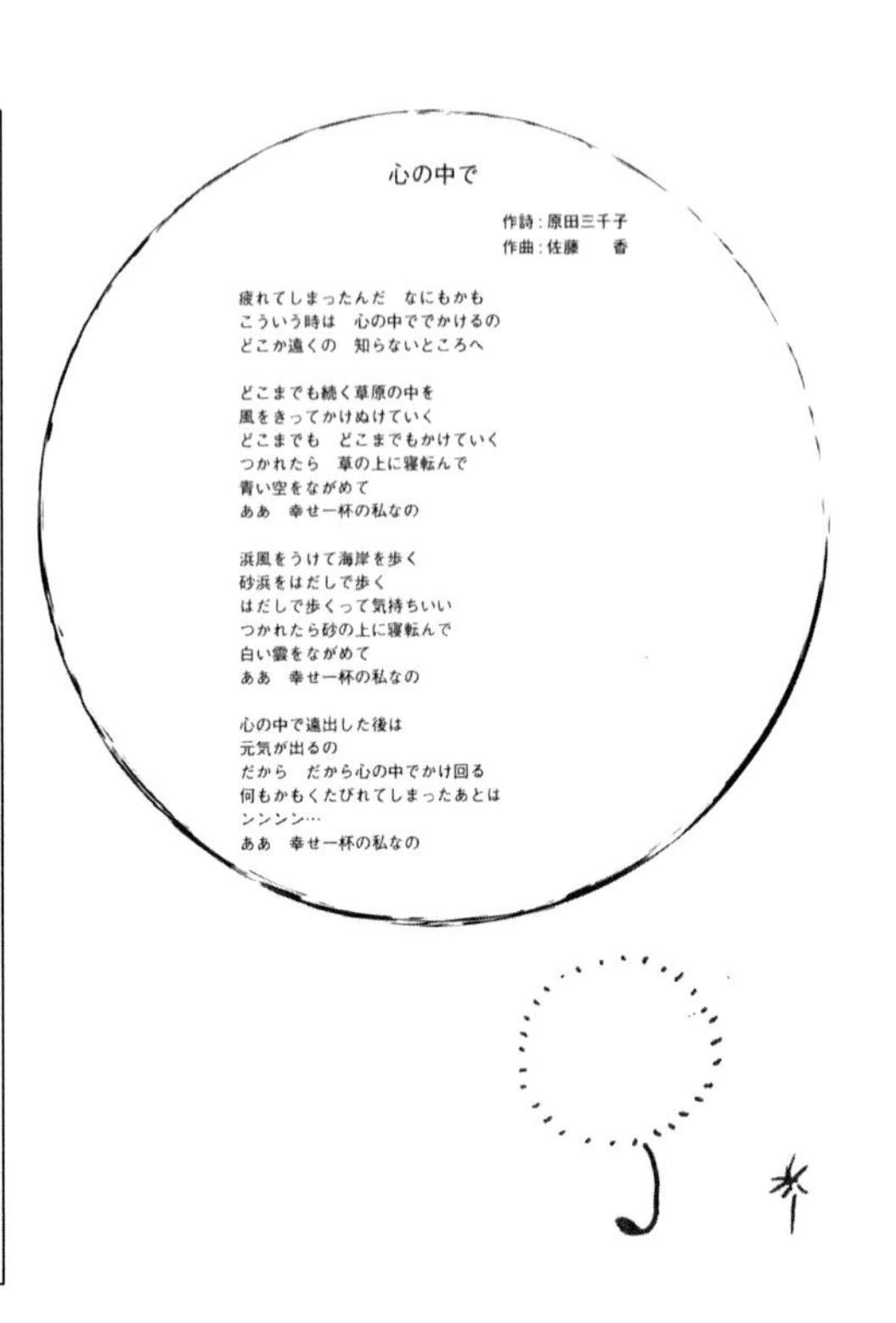

心の中で

作詩：原田三千子
作曲：佐藤　香

疲れてしまったんだ　なにもかも
こういう時は　心の中ででかけるの
どこか遠くの　知らないところへ

どこまでも続く草原の中を
風をきってかけぬけていく
どこまでも　どこまでもかけていく
つかれたら　草の上に寝転んで
青い空をながめて
ああ　幸せ一杯の私なの

浜風をうけて海岸を歩く
砂浜をはだしで歩く
はだしで歩くって気持ちいい
つかれたら砂の上に寝転んで
白い雲をながめて
ああ　幸せ一杯の私なの

心の中で遠出した後は
元気が出るの
だから　だから心の中でかけ回る
何もかもくたびれてしまったあとは
ンンンン…
ああ　幸せ一杯の私なの

作者へのインタビュー

作詩：原田三千子
（郡山市）

<入選に寄せて>
ある日、突然倒れてしまい、不自由な体になった、今自宅で暮らす日々、毎日リハビリがてらに8000歩を課題にして運動しています。でも、ふと気付くといくらやっても良くならない手と足、それでも動かすことをやめれば、更に不自由になる不安。主人の支えに「ありがとう」と心で手を合わせ、「諦めちゃあだめ」と言い聞かせながら。

この詩は、ふと疲れたとき、心の中で小旅行をするときの様子をつづってみました。

体を動かすことが大好きだったあのころ、ほんの少し前。

主人がなにげなく出してくれるお茶、「おいしい」。ありがとう、外は曇り時々晴れ。

作曲：佐藤　香
（伊達市）

<入選のメッセージ>
昨年に引き続き原田さんの「詩」に曲をつけさせていただきました。

原田さんの「詩」は内容がはっきりしていてイメージがわきやすく、「詩」にリズムがあるので曲をつけやすいと思います。歌の後半は、果てしなく広がる大空をイメージして作りました。今年も會津風雅堂のステージで歌うことが出来てとても幸せです。一生懸命演奏しますので、どうぞお聴きください。

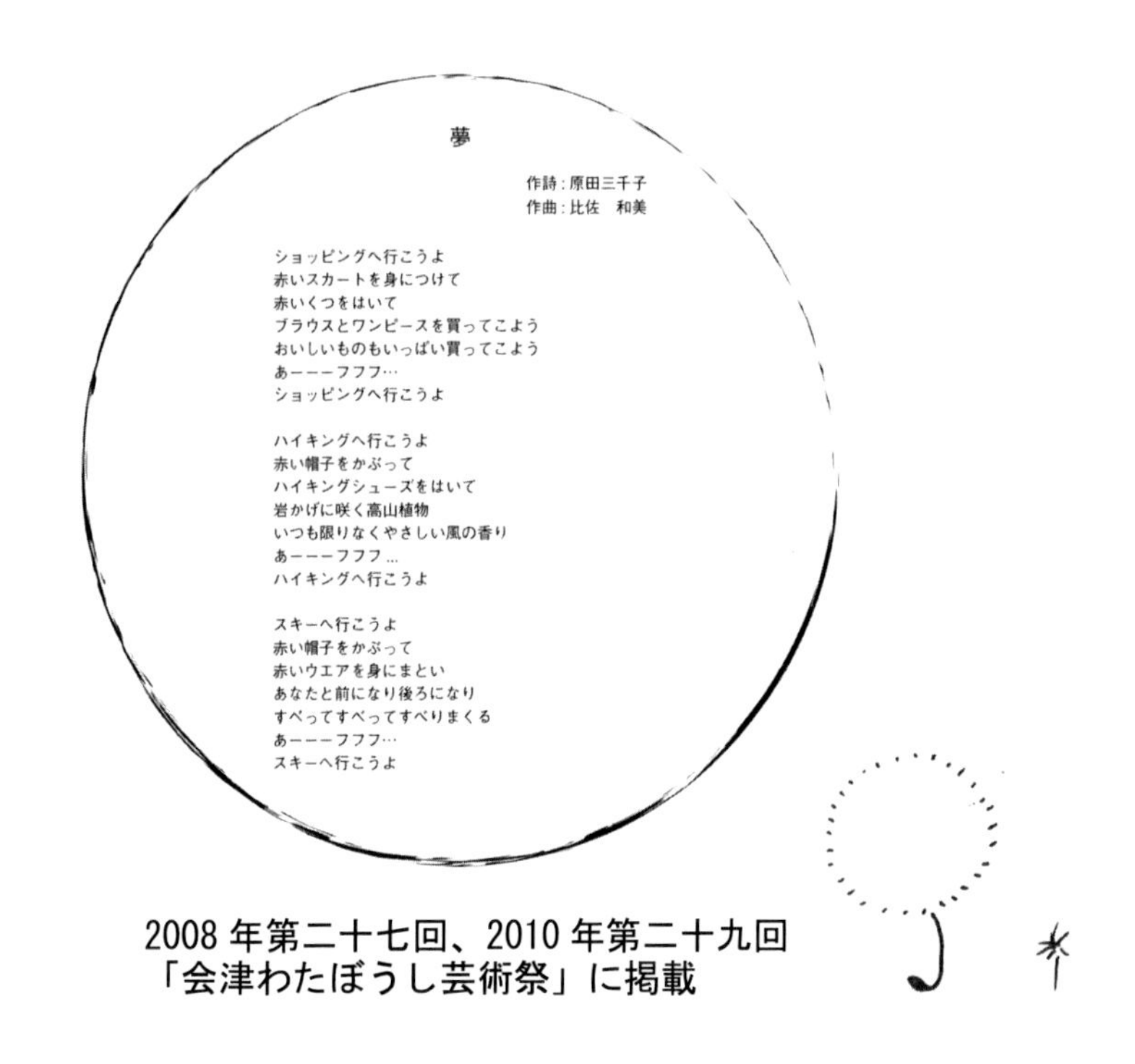

夢

作詩：原田三千子
作曲：比佐　和美

ショッピングへ行こうよ
赤いスカートを身につけて
赤いくつをはいて
ブラウスとワンピースを買ってこよう
おいしいものもいっぱい買ってこよう
あーーーフフフ…
ショッピングへ行こうよ

ハイキングへ行こうよ
赤い帽子をかぶって
ハイキングシューズをはいて
岩かげに咲く高山植物
いつも限りなくやさしい風の香り
あーーーフフフ…
ハイキングへ行こうよ

スキーへ行こうよ
赤い帽子をかぶって
赤いウエアを身にまとい
あなたと前になり後ろになり
すべってすべってすべりまくる
あーーーフフフ…
スキーへ行こうよ

2008年第二十七回、2010年第二十九回
「会津わたぼうし芸術祭」に掲載

作者へのインタビュー

作詩：原田三千子
（郡山市）

<入選のメッセージ>
郡山市にお住まいの原田さんは、今回で3回目の入選になります。

新聞に載っていた「詩の募集」を友人が見つけ、「応募してみては?」と声をかけてくれたのがきっかけでした。

インタビューに伺った時、「今回の詩は、自分でも驚くほど早く出来たんですよ…」とニコニコ顔で話してくださいました。

「赤」が好きなのだそうで、今回の詩の中にも、赤いスカート、赤い帽子など…が織り込まれています。

お孫さんや旅の写真も、アルバムにていねいに記録されており、お孫さんの話になると、すっかり「おばあちゃん」の顔でした。

最後に、「炊事は自分でするんですよ。」と明るく話していたのが、印象に残りました。

作曲：比佐　和美

<入選のメッセージ>
こんにちは。いわき市にある、いわき雑魚塾の比佐と申します。今回、初めて入選となり、驚いたり喜んだりです
原田さんの詩のイメージを膨らませる曲となっていると良いのですが。演奏も失敗しないよう、明るく楽しく出来ればと思います。
よろしくお願いします。

明るく笑って

いつも明るく笑って
リハビリに頑張っているけど
苦しいんだよ　叫んでみたい
叫んでみたってマヒした体は
動きはしないのに
スキーもゴルフも登山も　過去の事

ある日言葉を失い
右半身不随の私がいた
ベットに釘付けで　死ぬ事も出来なかった
心を閉ざしていた私だけど
頑張らなきゃと　わかってはいても

泣く事しか出来なかった
弱い弱い私だった

これからどんな人生が
楽しい事が　いっぱいあるような
そんな人生が巡ってくるように
強く強く生きてみよう
自分の人生なのだもの

いつも明るく笑って
リハビリに頑張ってみよう
いつも明るく笑って
リハビリに頑張ってみよう

平成十九年九月　記

生きる

涙の日々をこらえ
悲しみと苦しみの山河を越えて
今　やっとよみがえる
もう泣きはしない　泣きはしない
あなたの支えに　私は生きる

強く強く生きる
喜びと嬉しさと楽しさと
心いっぱいに広がっていく
もう泣きはしない
あなたの支えに　私は　私は生きる
ありがとう　ありがとう

あなたの支えがあったればこそ

ムムム…

平成二十二年九月　記

泣いてばかりいた私。この頃ようやく元気が出た。皆に助けられ、特に主人の支えが有難い。
死ぬも生きるも、大変な事を学びました。

私にはつばさがある

突然倒れてしまったの　予告も無しに
倒れてしまったの
余りにも忙しかっったから
庭の枝垂桜が　八重だったなんて

知らなかったんだもの
それ程忙しかった私なの

体は不自由になってしまったけれど
私にはつばさがある
ゆったりとした毎日の中で
今こそ心置きなく　自然を味わおう
忙しい毎日の中で　忘れていたことを
今日はどこへ行こうか
緑萌え　花が咲き乱れる　春
木々の香り　あつい夏
大地が燃えたつように染まる草
白銀の世界を覆う　冬
ああ　今日はどこへ行こうか
私にはつばさがある

庭の八重枝垂桜

どこへだって行けるんだ
ラララ…
今日はどこへ行こうか
ラララ…

平成二十二年　記

ハワイ

障がい者の旅行を考える会の新聞記事を、主人が持って来た。今度ハワイへ行くので、参加者を募っていたのだ。

海外旅行なんか、一度も行った事も無いし、行きたいとも思わなかった。

それが何日かして、行って見たくなった。

お金は何とかなるだろう。お金のかかったダンスは出来ないし、ゴルフやデパート歩きなど、もう出来ないのだから。主人が新聞記事を見せてくれたんだから、主人が連れてくれるのだろう。と、簡単に考えてたが大変だった。パスポート取るのも、旅行を申し込むのも…すべて主人がやってくれた。

子供達も三人で、車椅子を買ってくれた。

そしてついに来たハワイ。

植物一本でも常夏を思わせるハワイ。見るもの聞くもの初めてで、楽しい旅行だった。

車椅子に乗っていると、何でもなく来れる事が分かった。私だって旅行が出来るんだ。この時から私は、旅行を考える会の虜になった。

何と、この障がい者のツアーは、障がい者の旅行を考える会の代表の結婚式が盛り込まれていたのだ。代表も障がい者で脊椎を患っているので一歩も歩けなく、どんなに苦労したであろうか。二十四歳の時、事故に遭ったのだから。代表の涙に、みんな泣いた。本当に感動的な結婚式だった。

元気で行って来たのだが、郡山駅まで見送ってくれた姉の心配のあまり、涙いっぱいの顔が忘れられない。

姉の歌

初めてのハワイの旅へ　妹は
ちぎれんばかりの手を振り　旅立つ
ハワイへと　二人笑顔で旅立ちて
想い出多く　帰国を祈る

平成十九年七月二十三日

電話　1

不自由な身体にムチ打って
ようやく出た電話口

東京弁で　早口で

アーア　難しい電話は
ダメだっていうのに
オペレーターだって　仕事なんだよ
って思うんだけど

ごめんなさいね
難しい話は　分からないの
と言ったとたん
突然切れちゃった

平成二十二年　記

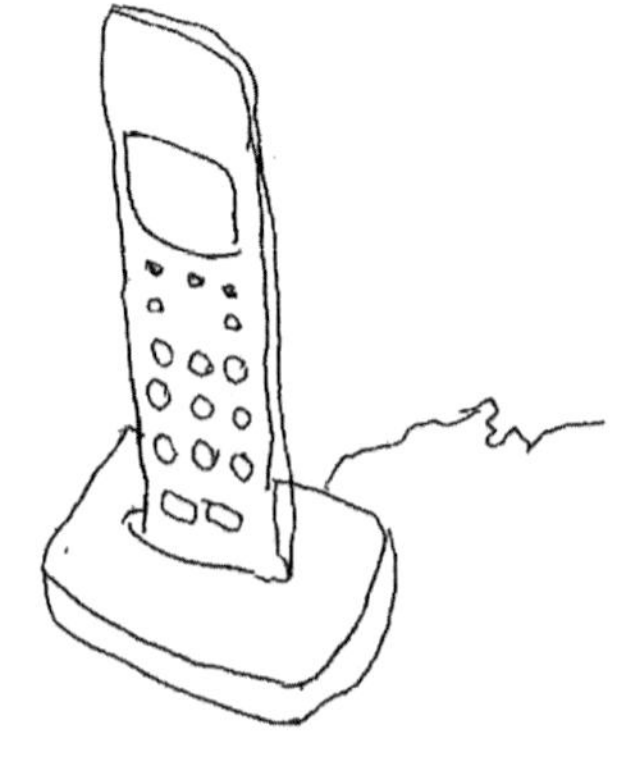

電話　2

炊事で忙しい時
電話が来た
慌てて　ガスを切り駆けつける
おぼつかない足で　駆けつける
やっと　受話器を取ったとたん
切れちゃった
アーア

ありがとうのメッセージ

この辺りは、なかなか進歩もないし、毎日の生活にあがいていたようだ。

田島の公民館で、トイレを借りた時ふと見つけた、応募用紙。さっそく応募した。

応募作品は、千四百四十五点もあったという。

ありがとうね、娘よ

私が脳出血で倒れたのは、五年前。後遺症が残り、右半身が動かなくなってしまった。外出もままならぬ私に、娘が取った方法は、週一度訪ねてくれることだった。木曜日は、娘の主人が宿直にあたるので、この日に小さい子供を連れて訪ねてくれるのだ。

たまには主人のいない日、のんびりしたいだろうに、もう五年も続いている。今はだいぶ楽になったが、小さい子供を連れての外出は、大変だったろうに。おむつやミルクを持っての外出は、雪の日は大変だし、そのうえ、来れば、小さい子供の面倒を見ながら、何かと私の世話までして。

孫は可愛いくて、学校や幼稚園の話をしてくれる。右手は動かないので、抱く事は出来ないけれど、帰りには必ずタッチをくれる。男の子だけど、二人とも、とても優しい。

私にとって、娘の来る木曜日は、とても幸せな日です。ありがとう、娘よ。欠かさずに来てくれる娘。

ありがとうね、娘よ。

ありがとう推進賞を頂く
平成二十一年九月　記

しゃあない

新築祝いに書いたのですが、自分の事ばかり書いていて、と思い、書き直したので、此の手紙は、手元に残ったものです。


緑が目にしみるよい季節になりました。今はまだ虫もいず本当に良い季節ですね。

新築おめでとうございます。二度の引っ越しで、お疲れの事とは思いますが、新築は格別の事でしょう。

一にも二にもくれぐれも、お身体には、気をつけて下さいまし。

私に話は移りますが、二年程は、治ると信じてリハビリに頑張っておりました。そのうちに、治らないと知って泣きました。今はしゃあないと考える様になりました。海外へ行っても海へ入れない、駆け足どころか満足に歩けない…いろいろしゃあないのです。

でも、ビッコだのタッコだのが旅行に行く団体を見付けました。皆ビッコとタッコなので、気がねがいらない。

丁度、五月十七日で五年になります。暑い日でした。丁度今年の様に。子供を帰したあと、学校農園を二時間ほど、がんばっていました。喉がカラ〱で職員室に来て水をたらふく飲んだのですが、一人教室へ行ったトタン倒れてしまったのです。

高血圧と高コレステロールと酒飲みがたたったようです。いろんな人たちに迷惑をかけてしまいました。今は年に二度ほどの海外旅行に行っています。車椅子を押してくれる主人に感謝です。開き直った私の姿です。儲けた私の私です。面倒見てくれる主人に感謝です。

右手は一つも動きませんけど、これまたしゃあないです。酒飲んでも、脳の病気にならない人はならいのに。しゃあないね。

たくさん愚痴を聞いてもらいました。何を書いているのか？　手紙ですネ。どうぞお身体にだけは気を付けて、お過ごしくださいね。くれぐれもお大切に。

かしこ

五月二十七日

三千子

明子様

『てまる』という食器

突然の盛岡にいる娘からの荷が届く。食器だった。手紙があった。

次女の手紙

…ところで面白い食器を見付けました。『てまる』といいます。お年寄りや子供、身体の不自由な方の為に造った福祉食器です。

以前お母さんが食事の時に、ご飯茶碗に着いたご飯粒が取れずに困っていたのを思い出し、茶碗の縁に返しのある「てまる」の食器ならどうだろうと思ったのです。

店主の方が、

「一つ一つ手作りです。使う方にも一番使い易く

気に入ったものを使って頂きたい」と言われ、見本品を貸して下さいました。大きさや縁の返しの具合、汁椀の飲み口が反っている方が良いなど、自分の使い易い様に要望を言って良いのだそうです。お母さんは人一倍リハビリを頑張っている人なので、この様な食器は必要ないかも知れないけど、少しでも良いなと思ったら、私からプレゼントしたいので遠慮なく言って下さい。役に立てたら嬉しいです。
「食器は一週間でも一ヶ月間でも納得いくまで使ってみて下さい」と、店主の話です。中略

長くなりましたが、迷惑だったらごめんなさい。こんな食器があるのだと、知るだけでも良いと思ってもらえたら助かります…。

さっそく使ってみて、気に入った。返しの所に、お茶漬けや汁も、飲める様に吸い口を付けて貰って、汁椀は持ち易く、現在も汁椀やご飯茶碗を使用している。

次女をはじめ長女もそれとなく見つけてくれて、左用調理バサミとか、ジャガイモなどの皮むき用手袋とか、色々な左手用の道具とか買ってくれる。

常に私の事を考えてくれて、嬉しい限りだ。

〔てまるの電話　0197-688-1502〕

やりすぎたんだよな

教職が好きだった私
とにかく学校が好きで
仕事に燃えていた
そして
遊びも大好き
畑もやって子育てをして
家事もこなし

今思う
やり過ぎたんだってことを
人には限度があるってことを

手抜き
大いに結構
今頃になってやっと気づいた私

ビッグハートへ

二十三年、一月いっぱいで南東北のディケアとお別れになる。要支援1、2が活動していた場所の閉鎖である。

全く歩けなかった退院後から、六年が過ぎていた。始めは1・2・3のリズムで、テーブルに捕まりながら歩いていたが、今は、杖を片手に、病院内を歩き、マシーンを操作し階段を四階まで登り下りをしていた。

今度は、どんな生活が、待っているのだろう。南東北程マシーンが揃っている所は少ない。三年間お世話になった訪問マッサージは、終りとなる。ビッグハートの帰りが、今までより遅くなり、夕飯の支度の時間と重なる為。

ビッグハートに決めた理由、一つは、広いリハビリ室が有る事。二つ目は、隣接の病院の階段で、訓練が出来る事。

いよ〳〵二月より、ビッグハートへ。

震災

ビッグハートは、平屋で頑丈だったから、植木鉢一つ落ちた位だったのに、家に帰って来て驚いた。家中、しっちゃかめっちゃか、主人と息子が片づけている。

夕方、長女夫婦が、来てくれた。とにかく、今晩寝る場所を確保せねば。障がい者の私は、何もできない。

防災無線

遠藤未希さんは
死ぬまで放送していたという
天使の声と皆が言う
何も役に立たない私

震災の日から

締め切った窓の外
小鳥が囀っているらしい
小鳥はあんなに元気なのに

私は歩けない
そんな私が
放射能におののめいている

カーディガン　１

ビッグハートで編み物の話が出た。あんなに編んできたのに、もう片手では出来ない。そうしたら、
ふみちゃんが言う。

「私は鈎針が好きだったの」。

はっとした。棒針は無理だけど、鈎針は出来るかも知れないと。一念発起、頑張った。

その時のお手紙である。


めっちゃやか、お寒くなりました。お元気ですか。突然の便りで驚かれた事でしょう。私の事、憶えてい

るかどうか。

ビッグハートで、お世話になっております。四月からあなたの曜日が違っちゃって、逢えなくなっちゃった。

編み物が好きとうかがっておりました。お互いに片手が全く使えない。くやしいかな何もできない。そんな時、釣針が好きだったとあなたから聞いて、一念発起、頑張りました。あなたのお話が無かったら、やってもみなかった。

カーディガンを作り始めました。出来たらあなたに見せたいと。貴女は右手が残っている。きっと何とか出来ると私は、必死でした。十一月から四月まで、遂に完成しました。四月十九日の事でした。でも、貴女に逢えなくなっちゃいました。来る曜日が変わったからね。

是非、見て欲しいと思います。五ヵ月かかりました。びっくりさせようと、黙って編んでいたのです。

初めは、鎖網も出来ずダメだったと、この辺りは、私が喋っていたから、ご存知ですよね。どうしても出来ない。何度放棄した事か、

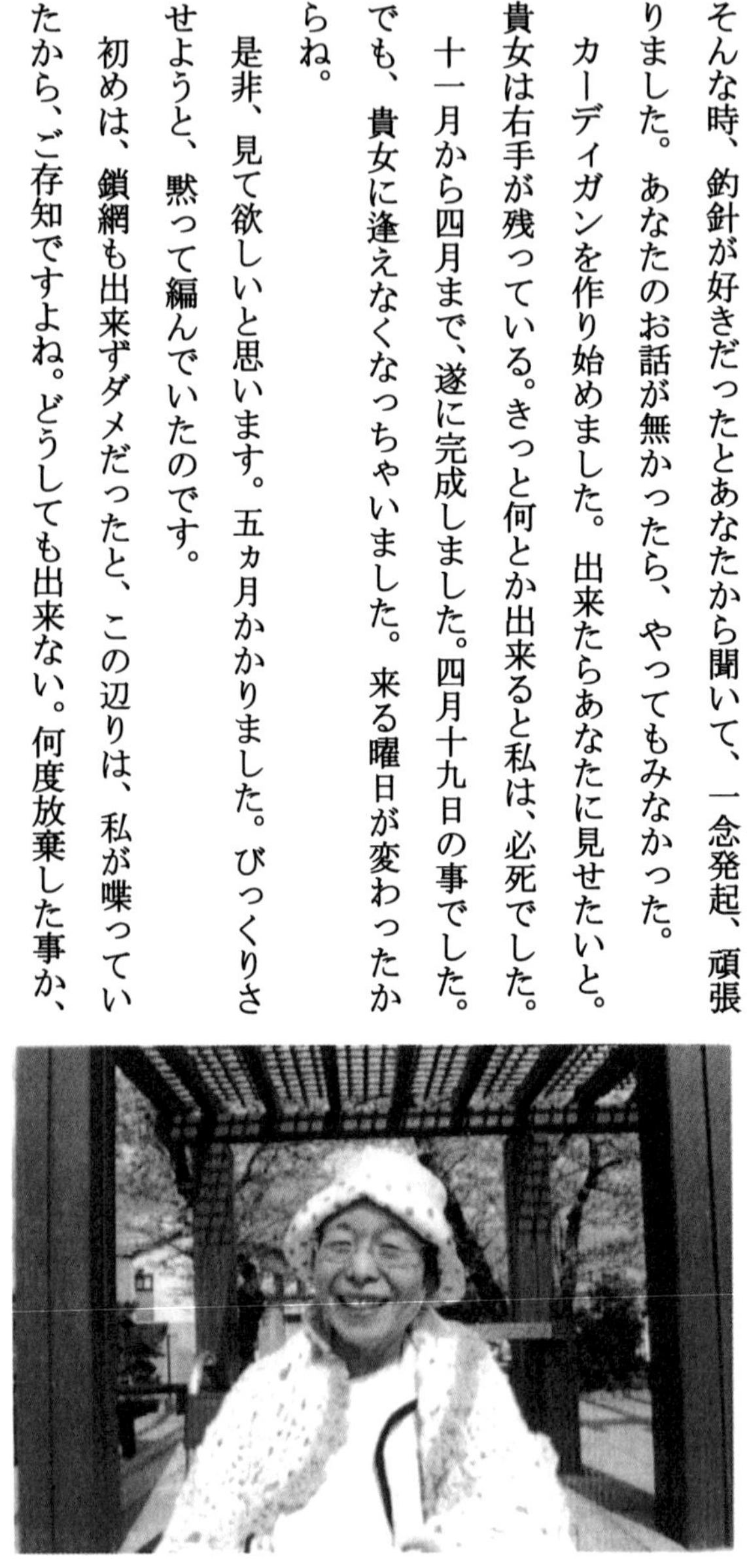
▲五ヵ月のカーディガンを羽織って

ほごした方が多かったです。それだけに完成した喜びは、何にも、例えようがありません。

でも、貴女に逢えない。ビッグハートの作品展に出しますから、見てくださいね。

私の宝物が出来ました。貴女から、得た力です。

本当にありがとうございました。

十月九日

三千子

高橋様

先生

カルテから目を放し
私の顔見たとたん
オー
すっとんきょうな声

六年振りに会ったのに
それも治療の他は
廊下で自主トレーニング中
四・五回会っただけなのに
何万人もの患者を診ているのに

覚えてくれていたんだ

私の命を　救ってくれた先生
感動の一瞬でした

私は忘れない

平成二十六年二月　記

マッサージ等

平成十八年頃、ディケアに通い始めた頃、ディサービスの友達の誘いもあって、マッサージに通う。桜通りの整骨院まで遠いのに、よく頑張ったと思う。一年位して、石井ほねつぎにした。理由の一つ、ほねつぎは、ほねつぎしかしないと思っていた事。二つ目は、桜通りの整骨院の半分の距離だった事から。ここで、一年ほど通い、もっと近くに整骨院が出来て、今度はここにする。新しいし、近いし、靴のまま、中に入れるからだ。ディケアの友達からの話で、訪問マッサージも受ける。平成二十一年から、ビッグハートに移るまで、自宅に居れば良いので、これは楽だった。

エルフィットと言うスポーツジムまで、行った事もある。二年弱位か、ビッグハートに行く前である。初めは主人に送迎して貰っていたが、そのうちタクシーになって、間もなく、終りになった。タクシー代が、三千円近くかかったので止めた。これはなか〳〵良い所で、一対一で、運動するので、とても良かったと、今でも思っている。

現在は、訪問リハビリを受けていて、これがとっても良い。一対一でリハビリが出来るのだから。

患者の心理って、少しでも良い所と、藁をも掴むという具合である。

こまったな

右マヒの私が杖を片手に
八十メートルほど行って
階段を三階まで歩き
帰って来てすぐに
自転車エルゴメーターに乗る
一五分　頑張るんだけど
脈が八七から始まり
次第に落ち着いて
七十代になってしまう

鉄の心臓だわって
看護師さんは　笑うけど

*普通は五から十分
*脈は、始め百十位

ペースメーカーを入れた主人より
永く生きたらどうしよう
困ったな
一人では　何も出来ないのだから

平成二十四年八月四日　記

ガン

人間ドックで、大腸に見つかったポリープを取ってもらう。二十数年前は、四個取るのに一五分位だったからと、簡単に考えていたが、一時間半もかかって、くたびれてしまった。お医者さんも看護師さんも、大変だったろう。七個もあった。

一つ怪しいものがあるので、病理に回すそうである。

さて、その結果が出る日、主人と病院へ、ガンの家系でないので、「大丈夫ですよ」と、勝手に決めて、ルン〳〵気分で出かけたのだが、結果は、「ガン」だった。

本人を前にして、言うのだから大した事はないのだろう。と、驚きはしない。

「フーン」てな具合。

入院日と手術日、入院に必要なもの、注意点などを聞いて、後で酷い目に遭うのを知らないで、帰って来た。

手術後、とにかく苦しかった。いつも言っているが、いつ死んでも良い。テレビで事故や殺人事件なんかあると、私と交換すると良いのにと思っていたのに、楽になりたい、少しでも楽になりたい、それしか頭になく、死なんか一つも考えていなかった自分に笑ってしまった。

お見舞いを頂いた方への御礼の手紙

手術の事が良く分かるので

私事、十一月一九日に無事退院しました。お見舞いありがとうございました。

手術後、医者が、癒着を心配して歩くのを進めたので、二日程、五十メートル位歩いたのですが、三日目から、痛みと呼吸が出来なくなり、それでも明日は、楽になると頑張っていたのですが、毎日酷くなり、遂に七日目。

「先生、もう一度切って」。

「よっしきた、今日切ろう」。

と、再手術。

医者も迷っていたのでしょう。つながっていなかったみたいです。二度目の手術からは、楽でした。足は弱まりましたけど、それまで本当に辛かったです。

今度は、抗癌剤です。十二月十四日から始まります。医者の話だと、相当に辛い。この位強くなくちゃガンをやっつける訳がない。頑張れるかどうか、応援して下さいね。

お寒い折、どうぞお体を大切に、良いお年を。

かしこ
三千子

孫よありがとう

エレベーターまで送って行ったら

まっすぐ自動販売機の前で困った顔
「どうしたの…」
「…」

自分の小遣いでばあちゃんに
ジュースを買ってくれようとしたのね
どれが良いか迷っていたのね
もう何日も　飲まず食わずだった事を
聞いていたのね

孫よ　ありがとう

ばあちゃん　思わず涙が出たわ

孫　小１　六歳

副作用

十二月。いよ〳〵抗癌剤を飲み始める。丁度この頃、調理実習があって、先生に長い事休んだ事を話ししたら、親身になって心配してくれ、ゲルソン療法（星野仁彦著）や、ガン再発を防ぐ（済陽高穂著）などをすすめて下さった。彼女の勉強ぶりにただ〳〵びっくり。なお彼女は、管理栄養士の橋本氏。即、買い込んで二日で読み終える。

自分の尿なんて、とても飲めないけど、抗癌剤を飲んでいる半年間、ゲルソン療法（食事療法）をできるだけ取り入れる事に。

砂糖は、オルゴ糖を、野菜たっぷりで、四足の動物の肉は食べない。加工食品は避ける。等々。幸い炊事をしていたので、比較的容易に出来たと思うが、この努力も大変なものだった。家族と違うメニューも作った。

五月になってから、副作用が出てきた。口内炎と軽い色素沈着、口内炎は歯医者で、一回で治ったたし、色素沈着は、言われないと分からない位だったたし。恐れおののいていた副作用は、これしかなくホットした。

五月中旬、これで抗癌剤も終わりと、病院にそれこそ、ルン〳〵で行ったのだが、副作用は、立派にあったのである。

にぶいのかしら

外来から即入院へ　じぇじぇ
肝臓の値がすごいんだって
私はこんなに元気なのに
八～三十一が正常値
千二百もあったなんて
後で聞かされた
落ち着いたら
今度は血圧が低い
八十六／五十四

看護師さんの質問が続く
めまいは？
吐き気は？
気分は？
だるさは？
なにもない
やっぱり私って　にぶいのかしら

平成二十五年五月二十日　記

四角い空さん　助けて

四角い空さん　おはよう
私今　九階の病室にいるの
四角い空さん

安静って　ただ寝ているだけだから
楽だと思っていたけど
忙しい時　一日ゆっくり眠りたいと
思っていたけど
四角い空さん
眠ったら夜眠れないし
右手は　マヒして動かないし
左手は点滴していて　本もめくれないし
四角い空さん
時間が止まっているみたいなの
ああ　退屈だ
四角い空さん
上と下の瞼が仲良くなりそうなの
何日耐えたらいいの
四角い空さん

助けてね
私頑張るから

平成二十五年五月　記

カーディガン　2

安静期間が五日程で終わり、これ又退屈になる。

主人に編みかけのカーディガンを、持って来て貰う。左手なので、本と逆になり、頭が痛んできて、嫌になりほっといたのである。

本が無いので、解しては編み、解しては編み…どうせ暇なのだから、とことん編んだ。三日四日で完成。

この副作用の入院が無かったら、このカーディガンの完成は、無かったように思う。

十日ほどで退院になる。

歩けない

自主トレーニングに、力が入る。はやく手術前の体に、戻さなくちゃ。焦りもあった。六・七・八月と自主トレーニングに励む。八月の末、やっと念願の目標、手術前の八千歩行った。喜んだ次の日、九月一日、歩けなくなってしまった。どうにも足が前に出ない。それでも炊事はこなしたものの、お風呂には困ってしまった。装具を外すと、一歩も歩けない、足が反り返ってしまうのだ。一体どうした事か。九月は大変だった。

幸い九月に頂いた認定の結果、十月からは、介護二になるので、ヘルパーさんの時間を増やし、訪問リハビリも頼める。十月、訪問リハビリが始まる。今迄正しくない方法でがむしゃらに歩いていたらしい。一歩確認しながら、歩き方を教わる。

お風呂もヘルパーさんに見守って貰いながら、足が反ったら手で押さえて直してもらう。仕事の無い事は辛い事。反りが来た時だけ手で押さえる仕事。ヘルパーさんはどんなに辛かっただろう。体を洗ったり、洗髪をするのは、今まで通り私が行ってきたのだから。

反りは、はじめは必ず三回ぐらいは、起きていた。足が反らなくなるまで、何と七カ月を要した。

今、一人で入っているが、体を洗う事など、任せないで、自分でやっていたので、これも良かったと思う。これはやっぱり訪問リハビリの先生の力が大きい。一対一で懇切丁寧に教えてくれて歩ける様にしてくれた。今歩けるのは、リハビリの先生のおかげと言っても過言ではない。

今では、三千~四千歩位、歩ける様になっている。

焦るまい、八千歩は、ほど遠いが、歩ける様になったのだから。

カーディガン　3

作業療法作品展が、ジャスコで行われた。私もあの副作用での入院時に仕上げたカーディガンを、出してみようと思った。

折しも私は、日和田小学校で、教職を終えた。その事に気付いたのは、開催一週間前。

何とか教え子達に、そしてお母さま達に知らせたいと思ったが、治療中に退職してしまい名簿など、学校に置いたままで全部処分してもらったので、知らせる方法が無い。そこで思いついたのは、古い年賀状だった。

もう時間が無い。必死になって、三十数枚書いた、十人ほどお返事をくれて有難かった。

更に、私は日和田中学校出身である。何とこれを機会に同級生が、数人集まって楽しいひと時を過ごす事が出来た。

旅行

主人はいろんな所へ連れて行ってくれた。特に障がい者の旅行を考える会の旅行は殆どであった。

障がい者、つまり私を連れての旅行は、大変なものがある。説明会から始まって、お金の振り込み、そして、いよ〳〵準備だ。着替えはもちろん、パスポート・薬等々、一人で用意しスーツケースに入れて、私を車椅子に乗せて出発。

空港の長い路を、車椅子を押して行く。行ったら行ったで大変。バスの乗り降りから、始まって、ト

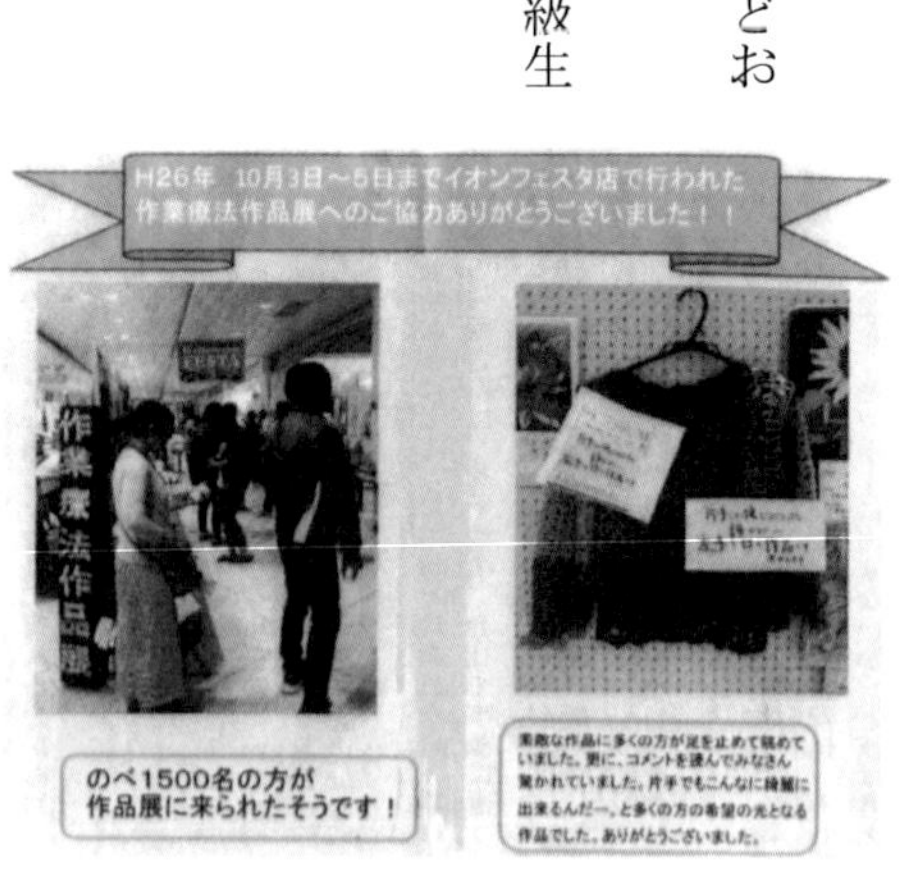

ビッグハート作業療法師の高橋さんが
下さった写真

イレの世話から、食事の世話、食事は大体は一人で大丈夫だが、細かく切ったりちぎったり、バイキングを取って来たりと世話になる。そして観光地は、車椅子を押して巡る。こうして行った旅行、何度であろう。

感謝、感謝

絶対に一人では、行けないのだから。今主人もペースメーカーを入れて立派な障がい者になってしまった。その為か、行く事に、二の足を踏む様になった。疲れるのかも知れない。思いが恐いのかも知れない。

あと何年、こうして旅行に行けるのだろう。主人の方に掛っている。

お父さん、元気でお願いいたします。

障がい者の旅行を考える会の代表

この会を抜きにして、私の毎日は語れない。旅行を考える会の代表の佐藤さんは、二十歳頃、会社で事故に遭う。四年も入院していたが、未だに一歩も歩けず、手も不自由な彼。私の障害なんか、比べ物にならない。彼は昔の事を話した事ないが、自暴自棄に陥った時があったと、お母さんから伺った。お母さんも毎日どんなに辛かった事か。

やがて彼は、好きな旅行に活路を開く。

障がい者ツアーに混ざって行っていたが、ツアー代と介助料が凄く大変な金額になるので、もっと格安に、そして、気軽に楽しく安全をモットーに出来ないか、と彼は考えた。

そこで、福島県に、障がい者の旅行を考える会を立ち上げたのである。

ボランティアを二・三名付けて、格安に楽しく安全にを狙いとした。

初めは大変だったと思うが、いつしか発足後十五年になり、今では参加人数延べ千百十四人を超え、国外二十九回、国内三百十二回を数えている。

たまたま新聞で障がい者のハワイ旅行を、見付けて参加したのは、発足後七年後であった。しかも代表の結婚式を兼ねていたのを知らずに行った。縁だなーと思った次第。これが病みつきになるのだから。

代表は、本当に凄い人だ。

まずは企画。これが大変。障がい者なのだもの。段差は極力避けねばならない。トイレ休憩も五分から十分ではとても駄目。車椅子十台位で、行く事は可能かどうかを、旅行会社の人と念入りに検討していく。そんなこんなでやっと行く所が決まる。バスや飛行機の席はもちろん彼が決める。バスは一番早く降りて、皆の様子を見て、バスに乗る時は一番最後に乗って全体把握を怠らない。昼食・夕食も席順を決めて、責任を持って事にあたる。微に入り細にあたってくれるので、安心して気軽に楽しく安全な旅行に行ける。彼のマネは出来ない。

旅行だけが私のできる唯一のもの。私にとって、「障がい者の旅行を考える会」は、無くてはならないものなのである。

助かった　1

スペインへ行った時の事。トイレがあまりないと言われていたので、オムツ入りの紙パンツを履いた。初めての事なので、珍しさも手伝って、ひっくり返したりして、いろいろ見る。さて、トイレに行った時チョット水滴が付いた時、水玉になっているので、表裏逆に履いた事を知る。ヤバイと思ったけど、トイレに間に合えば大丈夫と思ったのに、地中海の長い説明の時、行きたくなった。

表裏逆では、パンツにするわけにはいかない。主人に大きいホテルに連れてって貰う。

何か変だ。人がいないのである。ガランとしていて女の人が一人受付らしい所に座っている。奥行が広く薄暗い。

主人が女の人と何か話しているが、言葉が通じない。何かパスポートを出せと言っているようだ。そんな事言ったって私はトイレに行きたいのだ。私は、もう必死で車椅子を漕いで、彼女の所を潜り抜け、トイレらしい所へ突進する。

やっと、トイレに辿り着き、用を足していたら主人が来た。

どうやら、ここはカジノだったらしい。今思うと、パスポートを取られたり、ピストルで撃たれなくてよかった。危なかった。

お父さんありがとうね。

助かった　2

シンガポールの動物園へ行った時の事。

皆が、象に乗るのを待っている間、動物を見にお父さんと行く。

そこは、柵や折の無い動物園で、動物が三三五五に屯していて自然に近く、見ていてとても楽しい。

サイ・イボイノシシ・ライオン・キリン・シマウマ…

三時十五分までには戻らないと、ところが、私は時計を持っていない。主人は、日本の時間のままで、シンガポールの時間に直していない事に気付く。

戻ったら誰もいない。あんなに沢山いた人も閑散として殆んどいない。しばらく待ってみたが、知っている人は誰もいない。シンガポールだもの、当たり前だ。聞いてみても言葉が通じない。ほと〴〵困ってしまった。

そこへ、トレインに乗ったポリス二人が来た。主人は、早速話をするが、通じない。悪戦苦闘の末、ポリスの携帯に出た主人が、日本語で長々と話し出した。なか〴〵通じないが、やっと分かったらしく、トレインに私達を乗せて走る、走る。入口が何と遠いことか。やっと駐車場へ。何十台ものバスが留まっているのに、一発で私達のバスの後ろに付けたのには驚いた。

バスに乗ったら皆の拍手で迎えられた。心細さが安堵へと変わり思わず涙。

聞けば、代表がポリスに頼んだとか。

皆さん、ごめんなさーい。

フランス

国内国外共にこの八年、旅行は沢山している。

余り障がい者の事が書けてないので、旅行では一つだけ書いてみよう。

とう〳〵来た。フランスだ。乗物を沢山乗り継いで、やっぱりヨーロッパは遠い。

二日目から観光。

初めは、モネの家。お金持ちになって、四十三年過ごした家。日本庭園を模倣した庭、広くて〳〵、お花がいっぱいで。また、モネの家も、大きくて〳〵。絵になった水蓮も咲いていた。彼が水蓮の花を描いているのが、目に浮かぶ。ここのトイレはチップ制。きれいだった。

翌日は、モンサンミッシェル。

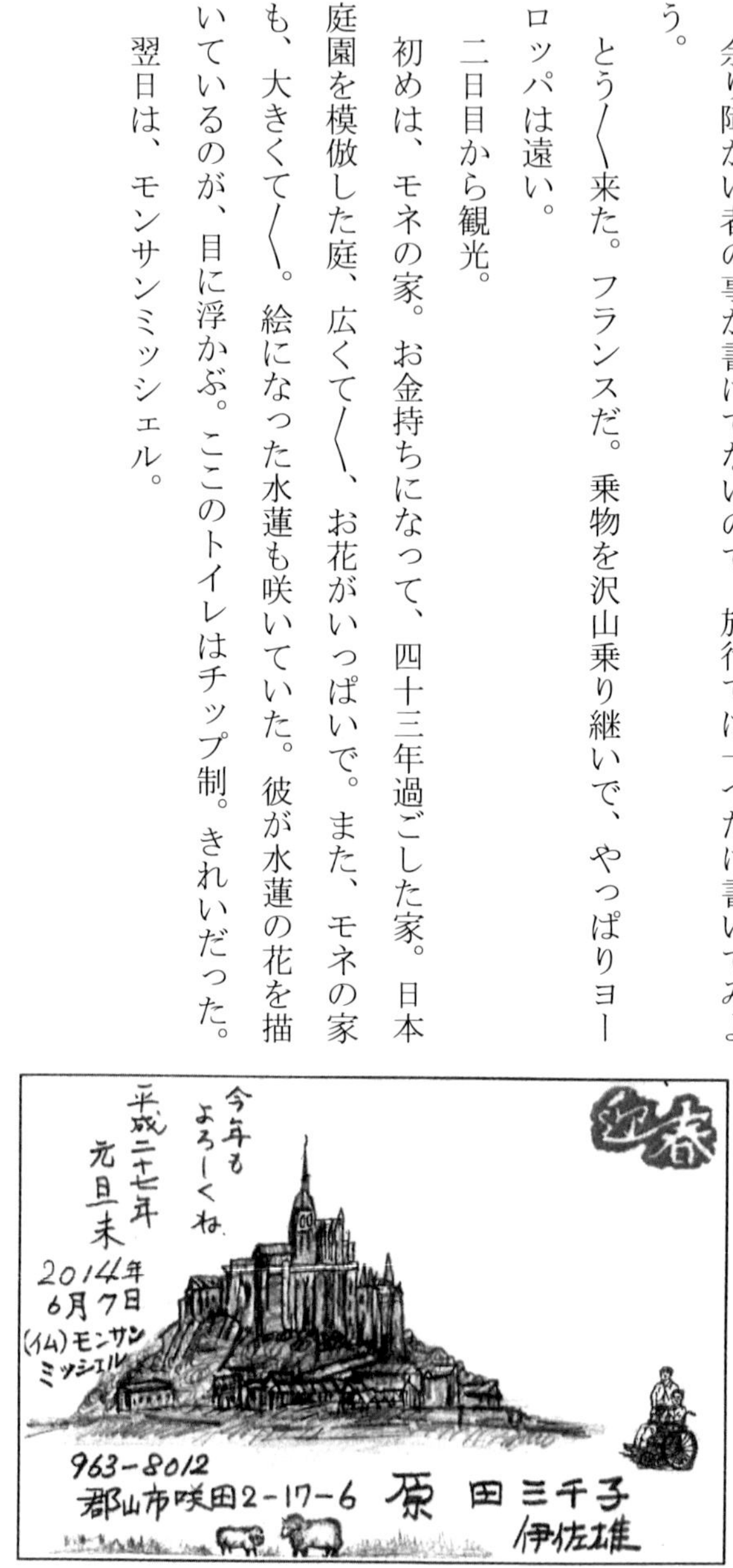

フランス西海岸、サンマロ湾上に浮かぶ小島。カトリックの洗礼地で、西洋の驚異とモンサンミッシェルであった。

ここのカキ（牡蠣）が、震災の時に送って貰って、今、宮城県ではおお助かりとか。

今年の我が家の年賀状になった。

四日目は、ロワール地方で、世界遺産で知られる、美しい古城を見る。八十位の古城が点在するそうだが、この内を四つを見る。どの城も広く美しい庭園があって、内は各々特徴があり見事である。美しさに圧倒される。

五日目はパリに戻る。

さて、今日の目玉は、何といってもルーブル美術館だ。

ここで気がついた。パリを中心に、フランスの西北部、フランスの三分の一を廻ってきたがこの五日間、山とか荒地とか一つもみなかった。まさに農業国フランス。観光地は街の中。五分もバスで巡ると、田園風景と化す。それが広いのだ。原子力発電もあっちこっちにあった。面積は、日本の一・五倍。それでいて、人口は、日本の半分という。こんなにも農業国とは。勉強不足だった。

ルーブル美術館に戻ろう。

昔は宮殿だった。館内は二十キロメートルもあるとか。じっくり見るには、数カ月もかかるんだって。

十五～十六世紀のフランス王家の美術品と千八百年にナポレオンが、持ち帰った美術品を含めて、美術館となる。

当然「ミロのビーナス」や「モナリザ」を、この目でしっかり見てきた。
大変な人で、車椅子十台ではとても苦労したが、ガイドがベテランで助かった。日本語ペラ〳〵のフランス人だった。

凱旋門やエッフル等を車内で見学。セーヌ川クルーズでは、二・三人ずつ分かれて、他の船でトイレを借りてから、乗船。これ以上の贅沢はない。最高の気分でした。

六日目。いよ〳〵今日はベルサイユ宮殿である。マリーアントワネットの宮殿である。今迄に、沢山の古城を見て来た私、それ以上に豪華絢爛な城だとすると、想像の城を超えてしまっていて、胸の高まりを憶える。

何と着いたら、大きいではないか。更にバスを降りて遠くまで歩いて行かなければならない。交渉の結果障がい者の為にすぐ近くまで、バスの乗り入れを許可された。

沢山の人の間をバスが進んでいく。もう大きさに圧倒されて言葉もない。ベルサイユ宮殿が最後の見学地で最高に良かったと思う。

初めに、広くて長い廊下をグル〳〵進んで鍵開けて進んで、行ったのは何とトイレでした。一般客が出来ないトイレでした。これ、身障者には大切な事。

沢山の大きな部屋が並んでいて、調度品も半端じゃない。ため息ばかりだった。

印象に残っているのは、鏡の間。長さが七十メートル以上。幅十メートル、高さも十メートルの中に、
五百七十八枚の鏡が埋め込んであると言う。全く豪華絢爛で、ただ〳〵ため息が出るばかり。

その他、寝室や着替えの室など、どれをとっても大きくて豪華なのである。

当時宮殿に住む貴族は、千人、召使達は、一万人、これではフランス革命が起こる訳だと、妙に納得。

感動でいっぱいのベルサイユ宮殿でした。

昼食後、空港へ。

こうして私のフランス旅行が終わった。

お父さんに、車椅子を押して貰い、また旅の支度から片付けまで、食事の世話等々ありがとうね。

障がい者福祉センター

平成十九年

何気なく郡山公報で見つけた、障がい者の健康運動の案内。私の事だから、またやってみたくなる。

早速主人に連れて貰い見学した。

ホッケーをやっていたが、私も出来そうだった。車椅子の人もいたし、車椅子でも、両手が不自由で、首までも動かない人もいた。

無料でおまけに、送迎付き。やらない手はない。早速申し込んだ。何かある度、主人は大変だが、この健康運動は何とかなりそうである。

水曜日、年間十三回。前半四十五分は、椅子に腰を下ろしたまま体操したり、マットを使って体操をする。後半の四十五分は、色々な運動で、最後はゲームをする。チョット運動量は少なめだが、結構楽しめた。

ボッチャ（カーリングみたいなもの）・吹矢・風船バレー・ゲートボール…等々
ボランティアの人に、マットに横にして貰ったり、足を引っ張って貰ったり、自宅で一人自主トレをするよりも、ぐっと楽しい。

そのうち、いろんなクラブがある事が分かって、料理クラブ・合唱クラブに入る。

一人三個まで入れることも知った。

健康運動は八年、料理は七年、合唱クラブは五年続いている。何れも、回数が多くないので、続ける事が出来たと思う。

今は、先生も変わって郡山健康科学専門学校の理学療法士の先生が、学生を連れて来て、やって下さる。これが良いのである。学生が体操から運動、ゲームなど、いろいろ工夫してやってくれるのが、楽しいし、また健康の話も、なか〳〵面白い。

料理は、婦人会の方、それから畑中先生、そして今は橋本先生が、担当している。

六回ずつ（今は五回）季節に分かれている。私が受けているのが、冬場だけ。なぜなら、冬は外で自主トレが出来ないので、料理している時だけでも、立っていて、足腰を鍛えたいと、邪の考えからなのだが、今は、料理にすっかりはまっている。何せ左手だけなので、グループの人に、負んぶに抱っこのきらいはあるのだが。

合唱は私の身体とは関係ないが、一つ位趣味のクラブの話も良いだろう。年に七回だし、先生が選んでくれる曲目が良い。料理も合唱も、目の見えない人が、半数はいる。これには驚いてしまった。私なんかの障がいは、軽い方であろう。視覚障がいがあっても、学ぼうとする力。しかも料理なんか、左手だけの私より早くしっかりした仕事をするのだから、素晴らしい。

どのクラブも定員に満たない感じだが、ここに書いてしまったら、定員オーバーになるかも知れない。そしたら、何回も受けた人は、新しい人に譲らなければならない。でも、長年やって来たので、他の人に譲っても良いと思っている。

多くの人がこのクラブを知らないのである。

私が、声をかけて参加した人も多い。因みに職員の対応は、障がい者相手も手伝って、素晴らしいものがある。

障がい者福祉センター万歳！

ひまわり号

ひまわり号に初めて参加したのは、平成一九年であった。南東北のディアケアの人の誘いがあったから。

あれから七年、五回出席している。他の会と重なったり、法事だったりで、行けなかったのは仕方ない。

この旅行の素晴らしい所は、いっぱいある。

まず良い所を書き出してみる。皆、良い所なのだが。電車の旅行だ。しかも貸切電車で、出かける。障がいを持っていると、人によって違いはあるが、大体は電車に乗れない。と、いうより、個人で出かけるのは、億劫であるし、健常者と一緒のツァーでは、とても〱行けない。それが、ひまわり号は、ボランティアの人が沢山いるのと、多くの駅員が手伝ってくれるので、難なく行ける。車椅子に乗っている人は難なくである。それも大勢の障がい者の仲間がいる。こんな心強い旅は、他にないだろう。

私が電車に乗るなんて考えてみなかった事、感動してしまった。次に良い所は、何といっても格安であること。電車賃とお弁当代と沢山のおやつ代で三千円位。そしてイベントは、歌手の歌があったり、団扇を作ったり、達磨の絵付けをしたり…。

また、電車の中は、スタッフが色々趣向を凝らして、クイズがあったり、他己紹介など、車内企画がふんだんで、スタッフの苦労の跡が見える。

行った所を思い出してみると、会津金山・那須動物王国・栃木県宝積寺・アクアマリン・若松・奥久慈太子・会津下郷ふるさと公園などの日帰り旅行だ。

こんなに良い事づくめの、ひまわり号だが最近は、年々参加者が減っているのは寂しい。

こんなに素晴らしい旅行なのに、せっかく、やってくれるスタッフなのに参加せねば、という思いでいっぱいの私。

私は毎年二・三名の参加者を誘っている。来年は何処に行くのか、今から、楽しみにしている。

連れて行ってくれる主人が、有難い。主人がいるから行けるのだが、郡山駅まで、行けば、後はボランティアが何とかしてくれるから大丈夫。

一人でも参加者が増える事を願っている。

ほどほどに　1

「ほどほどにね」ってビッグハートの皆に言われる。介護師や看護師、そしてリハビリの先生の方々に。

どれ位歩けば良いのか、私には分からない。全く歩かないのはダメだし。ついやり過ぎて、次の日から、動けなくなってしまう。手術前の体に戻りたくて頑張ったあの辛い経験からだいぶ自重しているが、まだ〳〵の様子が、訪問リハビリの指導記録からも分かる。

八日、右上下肢の筋緊張は、比較的落ち着いている。散歩や近所への買い物へ外出している様子。

十一日、右上下肢の筋緊張刺激により強まるタイプ。重心移動苦手な様子。右側への荷重にて、恐怖心あり。

十八日、ご本人様より

〃火曜日歩き過ぎちゃって、それから足が突っ張って、入浴も出来ない〃と。右上下肢の筋緊張の亢進が強くなっている。全体的な調子が良くなると張り切る場面が多々ある様子。自己管理の提案をした。

二十二日、練習量を一気に増やした様子で、右上下肢の筋緊張の亢進が強くなっており、ストレッチにて痛みあり。

「凄く調子が良かったから」と量を増やした事に本人は、自覚はない様子。活動量を一日トールで考える様に再度促す。

二十五日、筋肉の緊張亢進し、若干歩き難さを感じている様子。股関節の内転、内旋筋群のストレッチにて若干の改善みられる。すべてに於いて、やり過ぎの面が見られる。本人も自覚している様子も見られるが、行動には現れず。

二十九日、本日痛みの訴えなし。全体的に調子は良さそう。様子を見ながら今後も支援していく。

ほどほどに、難しいなあ。

ほどほどに　2

私がリハビリ室へ行こうとすると
皆がほどほどにって言うの
目ざとく見つけて言うの
ほどほどにってね

ガンに倒れ　手術前に戻りたいと
一生懸命歩いた
八千歩歩いた次の日
歩けなくなった

ほどほどに
この言葉が　痛いほどわかる

皆が　ほどほどにって言うのを
身をもってわかっているのに
ほどほどに
ほどほどに
私には　難しい

私の一週間

歩けなくなって、介護二になった。買い物にも行けなくなって少し、スケジュールが、変わって来たので書いてみる。

相変わらず忙しい。

月　訪問リハビリ　二時半〜三時半
　ヘルパーさんが買物と風呂　三時半〜五時
火　ディケアビッグハート　十時〜三時
　ヘルパーさんと風呂　三時半〜四時半
水　障碍者福祉センター　午前中
　調理実習と健康運動が隔週　送迎有
　午後　自主トレ
木　月と同じ
金　ビッグハートでディケア　風呂にも入って来る
　ヘルパーさん　台所掃除　三時半〜四時半
土　自主トレ
日　自主トレ

コマツ（咲田）の坂には、もういけないだろう。

手

料理をした手
編み物をした手
畑仕事をした手
学校の仕事をした手
ゴルフをした手
そして
習字をし　ピアノを弾いた私の右手
今
何も出来ない　マヒした私の右手

悲しくて
切なくて

悔しくて
今思う
私には　左手があると
右手には追い付かないけど
少しずつ　左手でこなしている

料理も
編み物も
文字も

次は何をしようか

平成二十六年三月　記

忙しい日々

忙しい毎日
毎日が日曜日になったら
のんびりと何もせず過ごしてみたい
と、思っていた

ある日突然右マヒに襲われた

今　毎日が日曜日なのに
忙しい日々を　過ごしている
マヒした右手は動かないけど
左手で頑張っている

自主トレはもちろん
文字の練習をしたり
雑巾を縫ったり
セーターを編んだり

前にも増して
私の一日は　忙しい

平成二十六年三月　記

靴　1

装具を付けている足では
もう　履けないと処分した
一回やっているので　もう無いよ

と言ったのに
出て来るは〈
ダンスシューズだ
モダン用
ラテン用
練習用
一万円は　下らないのに

こんなに沢山

燃えていたあの頃

靴　2

一年に一回は　新調していた靴
手術してから
靴を新調した事が無い
もう二年半も　過ぎているのに

それだけ　歩かなくなっている

それが靴に現れるなんて

平成二十六年十二月　記

今度は白血病

今度は慢性骨髄性白血病になった。根本クリニックの定期的血液検査で見つかった。
六月三日入院する事に決まった。
疲れたなあ、もう。検査、検査、そしてあの痛ーい骨髄液を採るのだ。
一生懸命治そうと、先生が頑張ってくれているのだから、こたえなくちゃ。
それにしても私は、元気なんだよな。信じられない、白血病だなんて。

平成二十七年六月三日　記

あたっちゃった

十年前に脳出血で倒れ
生死の間を彷徨った

右半身不随で何とか生きて
三年前は大腸ガンになり手術
再手術までの一週間
痛みと呼吸困難で苦しかった
半年後　抗ガン剤副作用で泣いた

そして今　骨髄性白血病になって
骨髄液を取るのに呻いた

神様　まだ足りないのですか
まだ　試練が足りないのですか
まだ　耐えられると思っているのですか

罹る患者は十万人に一人に当たっちゃった
郡山の人口なら三人なのに当たっちゃった

宝くじなら嬉しいのに
でも、とっても元気です

平成二十七年六月八日　記

おわりに

一気に書いた私の十年
色んな事があり過ぎた　私の十年
皆に支えられて　生きてきた十年
長い様で短い
短い様で長かった　十年

私の古里　日和田

日和田といえば　何百年も生きている松並木
自然界で無駄な枝が　何一つない松
最小限の姿に驚嘆してしまう
政宗　芭蕉　曽良など　何を思ったか

今静かに　松のように
生きたいと思う

私の生きがいの一つ
週一度来る孫は　中一と小三になった
見送りに行けない私の為に
未だに優しくタッチをしてくれる

思えば救急車で運ばれた時
命の保証がなかった私

それが今では
ゴルフやスキー　ダンスは出来ないけれど
たいていの事は出来る様になった

十年って　凄いなあと思う

長い様で短い
短い様で長かった　十年

私なりに精一杯生きて行こう
皆が支えてくれるのだから
お父さん　ありがとう

最後に中学校時代の同級生、矢吹邦三さんと橋本誠さんには、大変お世話になりました。ここに感謝を込めて御礼申し上げます。

令和二年六月

白血病は慢性白血病なのでまだ治療が続いている
みんなのお世話になり乍ら、
コールせせらぎで合唱を楽しんでいる

令和二年十二月

白血病にお別れ！
七年かかった
夢のようです

著者略歴

原田　三千子（はらた・みちこ）

一九四五年　福島県白方村に生まれる
　　　　　後に郡山市にうつる
一九六七年　教職に就く
二〇〇四年　脳出血に倒れる
二〇〇五年　教員退職
二〇一一年　ガン
二〇一五年　慢性白血病
二〇二二年　白血病完治
二〇二三年　現在に至る

松の如く
脳出血に倒れて十年

2023年8月31日発行

著　者　原田三千子
発行者　向田翔一

発行所　株式会社22世紀アート
〒103-0007
東京都中央区日本橋浜町3-23-1-5F
電話　03-5941-9774
Email: info@22art.net　ホームページ：www.22art.net

発売元　株式会社日興企画
〒104-0032
東京都中央区八丁堀4-11-10 第2SSビル 6F
電話　03-6262-8127
Email: support@nikko-kikaku.com
ホームページ：https://nikko-kikaku.com/

印刷
製本　株式会社PUBFUN

ISBN：978-4-88877-241-9